Wolfgang Setzer

Denn deine Sprache verrät dich

Quasi eine Erzählung,
am besten laut vorzulesen

Rediroma-Verlag

Bibliografische Information der Deutschen Nationalbibliothek:
Die Deutsche Nationalbibliothek verzeichnet diese Publikation in der Deutschen Nationalbibliografie; detaillierte bibliografische Daten sind im Internet über http://portal.dnb.de abrufbar.

ISBN 978-3-98885-391-2

www.rediroma-verlag.de
10,95 Euro (D)

Inhalt

Prolog

Die kleine Erzählung *Denn deine Sprache verrät dich* ist nach einer wichtigen Form der klassischen Musik strukturiert. In der Sonatenform wird (manchmal nach einer kurzen Einleitung) in der Exposition das thematische Material vorgestellt (exponiert). In der Durchführung streiten und diskutieren die Motive miteinander und in der Reprise werden die bekannten Themen aus der Exposition (leicht verändert) wieder aufgenommen. Eine kleine Coda schließt das Werk ab – oft mit einer Schlusspointe.

Im Wort *Sonate* finden wir das lateinische Verb *sonare* vor. Das heißt *klingen*. Eine Sonate ist also ein *Kling*stück, etwa im Gegensatz zur *Kantate*, einem *Sing*stück. Auch im Wort *Person* erkennen wir den Stamm des Verbs *sonare* und die Vorsilbe *per* (durch). Bei einer Person ist es demnach wichtig, dass etwas durchklingt. Und das geschieht vor allem auch durch die Sprache. Deshalb verrät die Sprache sehr viel über einen Menschen. Auch Peter und Anette machen diese Erfahrung. Tatsächlich.

Einleitung

Peter und Anette liebten es, im Alltag eine korrekte und schöne Sprache zu verwenden. Das hatten sie von Kindheit an im Elternhaus und in der Schule gelernt, und es war ihnen wichtig, diese Kultur der Sprache auch an ihren Sohn und an Freunde weiterzugeben. Immer wieder wurden deshalb Abweichungen in der Familie und bei Bekannten mit einem Lächeln oder auch nur augenzwinkernd kommentiert.

Obwohl in einer dialektreichen Gegend aufgewachsen, wurde trotzdem der Wert der Hochsprache geschätzt, doch auch durch tägliche Beweise gerade in den Medien deren zunehmender Verlust beklagt.

Die beiden hatten lange und intensiv studiert, mehrere Prüfungen absolviert und schriftliche Arbeiten verfasst, in denen eine tadellose Sprache und eine formale Sauberkeit unverzichtbar waren. Das Kritisieren und Kommentieren der sprachlichen Fehler bei anderen wurde manchmal als eine Art von gewisser Überheblichkeit und unangenehmer Besserwisserei wahrgenommen, doch das störte die Eheleute nicht weiter. Auch die im

Fernsehen sich häufenden Anglizismen ärgerten vor allem Peter oft. Brauchte seine Mutter für ihr *Beautycase* eine *Anti-Aging-Creme* und Tipps für *Coole Styling Outfits*, damit sie möglichst lange frisch und immer jugendlich aussah? Peter sagte dann schon einmal: „Welcher ältere Mensch mit achtzig oder neunzig Jahren versteht diesen Satz?“

Doch ändern konnten beide die Situation nicht und Anette meinte einlenkend: „Die Sprache verändert sich eben und das müssen wir akzeptieren.“

Peter sah das zwar anders, spürte aber, dass sein Widerstand gegen die Verrohung der Sprachkultur zwecklos und ohne Erfolg bleiben würde. Dennoch unterhielt es ihn köstlich, die oft interessante Kommunikation seiner Mitmenschen zu beobachten und zu kommentieren. Er wurde nicht verbittert oder zornig, sondern konnte darüber lachen und spotten, je nach passender Gelegenheit und dem entsprechenden Gegenüber. Er wollte niemanden verletzen, wenn mal wieder ein grammatikalisch falscher Satz oder ein unpassendes Modewort gefallen war. Zum Glück lag seine Frau mit ihm in dieser Hinsicht auf gleicher Wellenlänge. Die beiden verstanden sich gut. Besonders häufige inhaltsleere Füllwörter, deren Gebrauch in Peters Ohren und Augen immer mehr zunahm, irritierten und belustigten ihn zugleich. Wenn er das imitierte, lachte seine Zuhörerschaft, sofern sie auch nur ein bisschen sprachsensibel war. In der Öffentlichkeit, seiner Umgebung und in der Politik gab es dafür täglich zahlreiche Beispiele.

„Im Keller ist die Heizung ausgefallen“, sagte Anette, und das bedeutete, dass Peter sich um einen Handwerker bemühen sollte.

Zum Glück waren gerade die Außentemperaturen so angenehm, dass die anstehende Reparatur nicht unmittelbar erfolgen musste. Doch Peter wollte sofort mit dem Installateur telefonieren und ein Termin in fünf Tagen wurde vereinbart.

Pünktlich am Freitag um 7.30 Uhr erschien Herr Müller von der Firma Meier & Töchter. Da die Jahresinspektion mit einer gründlichen Wartung erst kürzlich vorgenommen worden war, wunderte sich Herr Müller über den Totalausfall des Heizungssystems.

„*Genau*“, sagte er, „das haben Sie *voll* richtig gemacht, mich sofort anzurufen. Am besten hätten Sie das ganze System ausgeschaltet, damit *an der Stelle* kein weiterer Schaden entsteht.“

„*Genau*“, sagte Peter, „das hat meine Frau ja auch gemacht.“ Er zeigte auf einen Regler am Gerät, „aber nicht an *der* Stelle, sondern beim Hauptschalter.“

Herr Müller hatte Peters rhetorische Wandlung anscheinend gar nicht bemerkt, sondern packte sein Werkzeug aus und sagte: „*Genau*, Sie brauchen hier nicht zu warten, ich lege los, und wenn ich eine Frage habe, rufe ich Sie. Hoffentlich dauert es nicht zu lange *an der Stelle*, Sie sind ja Stammkunde, *genau*, und da geben wir uns natürlich *voll* Mühe."

Die Reparaturarbeiten benötigten eine ganze Weile. Als Peter einmal nachschauen wollte, telefonierte der Fachmann mit einem Kollegen, der offenbar seinen Rat brauchte: „Nein - so geht das nicht - auf keinen Fall – nein – vielleicht – absolut - musst du ausprobieren – nein - ich glaube nicht – nein – nein - dann bis später."

Peter wurde Zeuge von einer Hälfte eines Gesprächs, das offenbar nicht zur Zufriedenheit des Kollegen beigetragen hatte.

„Konnten Sie helfen?", fragte Peter Herrn Müller.

„Ja, *tatsächlich*", antwortete der versierte Meister. „Ich muss mal eben etwas nachlesen", sagte er und kramte aus seiner Aktentasche ein handgeschriebenes Heftchen heraus. *Rechte und Pflichten von Handwerker* konnte Peter mit einem Lächeln lesen. „Ich rufe den Kollegen später zurück *an der Stelle*", teilte er mit und ging wieder der begonnenen Arbeit nach. Teile des Brenners waren defekt und mussten erst einmal beim Großhandel bestellt werden. „Das ist *voll* ärgerlich", sagte Herr Müller, „die Ersatzteile sind *zeitnah* nicht lieferbar. Sie haben *sicherlich* von den Lieferengpässen gehört, aber sobald alles bei uns im Haus ist, melden wir uns *zeitnah* und kommen *an der Stelle* wieder."

„Das will ich doch hoffen, dass Sie bald wieder zu uns kommen und nicht zum Nachbarn gehen", sagte Peter, doch wieder hörte oder verstand Herr Müller das nutzlos verwendete Füllwort nicht.

„*Genau*, so verbleiben wir. Ich hoffe, dass wir *zeitnah* alles erledigen können. Im Moment ist es ja zum Glück *voll* warm, da kann man auch ein paar Tage ohne Heizung auskommen. Aber der nächste Winter kommt bestimmt, *genau*. Die Rechnung erhalten Sie dann *zeitnah* nach Abschluss der Arbeiten", sagte Herr Müller.

„Also *am Ende des Tages*", schob Peter nach, und Herr Müller verabschiedete sich mit einem *Genau*. „Und übrigens", ergänzte er noch schnell, „wir haben in zwei Wochen am

Samstag unseren TdoT, herzliche Einladung *an der Stelle.*“

„Was haben Sie?“, fragte Peter unwissend.

„Unseren *Tag der offenen Tür*“, erklärte Herr Müller. „Da gibt‘s Bier und Würstchen und eine Menge Infos. Der Chef selbst berät und erklärt unsere Ausstellung, da könnt *ihr* auch die neuen Technologien auf dem Heizungsmarkt bestaunen. Vielleicht sehen wir uns ja, überlegt es *euch.*“

Peter wunderte sich über die veränderte Anrede. Jetzt, wo die offizielle Arbeit beim Kunden erledigt war, ging der Handwerker ins vertrauliche *Du* über. Was sollte das? Peter fiel ein, dass er schon oft bemerkt hatte, wie im Singular das *Sie* gebraucht, aber im Plural ein lockeres *ihr, euer* oder *euch* immer mehr üblich wurde. Im Singular siezen und im Plural duzen, dachte er.

„*Hi, ich bin Jessie.* Was kann ich *euch* Gutes tun?“, wurde schon einmal im Restaurant nach der Bestellung gefragt. Und Peter hatte irritiert reagiert und gedacht: Kennen wir uns? Als er dann auch noch „*Ich wünsche euch guten Appetit*“ hören musste, freute er sich schon auf das Ende des Restaurantbesuchs nach dem Bezahlen der Rechnung. Jetzt konnte er spontan und sensibel auf die moderne Rhetorik reagieren.

„Danke für den Besuch und macht *euch* noch einen schönen Tag“, sagte die Kassiererin.

„Danke, *du dir* auch“, erwiderte Peter leicht grinsend und freute sich auf den Feierabend.

„Immer mehr wird das *Du* üblich“, sagte er zu Anette. „Und Nachnamen spielen bald auch keine Rolle mehr. *Hi, ich bin Jessie*“, wiederholte er die Stimme der Bedienung. „Da fehlt mir das richtige Verhältnis von Distanz und Nähe.“

„*Genau*“, antwortete Anette. „Du kannst dich heute Abend schon im Fernsehen auf die Meldungen und die *Nachrichten mit Gundula* freuen.“

*

„Denkst du bitte an den Elternabend heute um 19.00 Uhr in der Grundschule?", erinnerte Anette ihren Mann an den bevorstehenden Abendtermin.

Es sollte um die Planung der baldigen Klassenfahrt gehen und deshalb war die Anwesenheit möglichst aller Eltern der vierten Klasse in der ortsnahen Grundschule erwünscht. Peter hatte zwar keine Lust auf den Austausch über diverse Ziele und andere Absprachen bezüglich der Reise seines fast elfjährigen Sohnes Paul, musste aber den hartnäckigen Bitten seiner Frau Folge leisten, und nur die Hoffnung auf eine Erweiterung seines Schatzes an sprachlich neuen und interessanten Erfahrungen ließ ihn missmutig mitkommen.

„Liebe Eltern, meine Damen und Herren, willkommen zum ersten Informationsabend bezüglich der im Juni anstehenden Klassenfahrt Ihrer Kinder", begrüßte Frau Blau die Anwesenden. „Heute geht es hier hauptsächlich um unsere Klassenfahrt. Wie Sie sicher wissen, betreibt unser Landkreis ein Ferienheim an der Nordsee. Da ist für unsere Schule in jedem Jahr die vorletzte Schulwoche im

Schuljahr reserviert. Dort können wir also auf jeden Fall hinfahren. Immer wieder aber schlagen Eltern auch Alternativen vor, und das unterstütze ich dann auch“, erläuterte die Lehrerin. „Die Klassenfahrt an die Nordsee ist zwar wunderschön, aber ich gebe zu, die Anreise dauert doch sehr lang. Wenn Sie andere Ideen haben, sorge ich für eine Unterkunft, und dann planen wir eben auch Alternativen ein.
Deshalb möchte ich Sie bitten, Ihre Vorstellungen und Wünsche hinsichtlich eines Zieles zu äußern“, stellte die Klassenlehrerin fest.

„Also ich finde *halt*, das Ziel sollte *definitiv* nicht zu weit weg sein. Falls ein Kind *voll* Heimweh bekommt, können wir es schnell abholen. Viele sind *halt* das erste Mal von zu Hause fort“, eröffnete eine junge Mutter die Diskussion.

„Das sehe ich *ein Stück weit* anders“, fuhr ein Vater fort. „Eine kurze Trennung vom häuslichen Alltag tut *definitiv* allen gut. Auch ein paar Tränchen sind nicht schlimm und dienen dem Loslassen, was für beide Seiten sinnvoll ist.“

„Sie sind *halt* noch sehr jung“, warb die erste Rednerin um Verständnis.

„Wie ist das denn mit dem Handy-Gebrauch?“, setzte der Vater nach. „Wenn die jungen Leute ihr Handy mitnehmen dürfen, dann sind sie ja *ein Stück weit* mit zu Hause verbunden.“

„Nein, auf keinen Fall“, schritt die Lehrerin ein. „Die Klassenfahrt stellt einen Höhepunkt im pädagogischen Jahresablauf dar. Wir machen dort andere Erfahrungen als im Klassenraum. Wir pflegen eine Gemeinschaft und da wäre das individuelle Abtauchen in die virtuelle Welt durch ein Handy absolut fehl am Platze. Die Lehrkräfte haben ein Handy dabei und können Sie als Eltern im Notfall jederzeit erreichen.“

„Ich wüsste *halt* gerne, was so an jedem Tag unternommen wurde und wie es unserem Kevin geht“, musste die erste Rednerin noch klarstellen.

„Dann müssen Sie bitte ein paar Tage warten und Kevin kann dann in aller Ausführlichkeit erzählen. Das ist eine gute Übung für den mündlichen Sprachgebrauch. Ich kann es nicht ändern, das Handy-Verbot ist *halt* ein Beschluss der Schulkonferenz, *definitiv*“, erklärte die Lehrerin verschmitzt lächelnd und bat um weitere Stellungnahmen.

„Als Ziel schlage ich den *spannenden* Besuch des neuen Erlebnispark mit Naturfreibad und Riesenrutsche in unserer schönen Nachbarstadt vor“, kam eine Wortmeldung aus der letzten Reihe.

Peter wollte sich umdrehen, doch seine Frau stieß ihn warnend an. Er raunte leise „*s*“, um auf den falschen Genitiv zu reagieren. „Es gibt im Westen Deutschland kaum einen so *coolen* Park als diesen“, warb die Mutter von hinten.

Peter wurde unruhig und rutschte auf dem Stuhl hin und her. „Schon wieder kein *s* und bitte *wie* statt *als*“, ärgerte er sich und Anette musste ihn wieder beruhigen.

„Das ist auch eine gute Idee“, kommentierte die Lehrerin. „Außerdem liegt ein neues Sportmuseum mit vielfältigen Möglichkeiten zur eigenen Betätigung in Reichweite.“

„Wenn das nicht zu teuer ist, wir müssen es *halt* alle bezahlen“, ertönte es aus bekanntem Mund.

„Keine Sorge“, erwiderte Frau Blau, „die Klassenkasse ist gut gefüllt und für Sie bleibt es bei dem kalkulierten Budget.“

„Wegen dem Programm habe ich noch eine Frage“, kam eine ergänzende Bemerkung von hinten.

Peter konnte seinen Unmut kaum verbergen und zischte wieder leise „*Genitiv*“, doch dank seiner Frau beherrschte er sich.

„Ist ab 22.00 Uhr *echt voll* die Nachtruhe? *Rambazamba* in den *spannenden* Nächten gehört doch *definitiv* dazu, oder?“

Die eine Hälfte der Elternschaft lachte zustimmend, andere reagierten freundlich empört.

„Dann lade ich Sie herzlich ein, an fünf Tagen und Nächten 24 Stunden am Stück die Aufsicht und immer voll die Verantwortung zu übernehmen“, erläuterte sachlich und ruhig die Lehrerin. „Ich weiß, dass manche meinen, eine Klassenfahrt sei ein weiterer Urlaub und eine schöne Ferienverlängerung für die LehrerInnen, doch da täuschen Sie sich gewaltig. Natürlich muss es nicht ab 22.01 Uhr mucksmäuschenstill sein, aber die Kinder brauchen in diesem Alter noch ihren Schlaf, damit sie am folgenden Tag fit sind für die geplanten Unternehmungen. Und die meisten sehen das auch ein und folgen unseren Ermahnungen“, sagte Frau Blau.

Dank der freundlichen Autorität der Lehrerin war damit das Thema Nachtruhe beendet.

„Also bleibt es beim Besuch des Erlebnispark?“, wollte die erste Rednerin wissen.

Weil es keine weiteren Vorschläge gab und offenbar sehr viel für das nahe gelegene Ziel und diese Planung sprach, bat Frau Blau um ein Stimmungsbild per Abstimmung. Das Ergebnis war eindeutig. Fast alle stimmten dafür, nur drei Eltern enthielten sich. Sie kannten den Park nicht und wollten daher kein Urteil fällen.

„Das ist *voll cool*“, kam es aus der letzten Reihe, „das wird Kevin und hoffentlich alle freuen.“

„Ich kläre dann die Frage der Unterkunft sowie einige restliche Punkte und informiere Sie schriftlich“, beendete Frau Blau das Thema Klassenfahrt.

„*Genau*“, kommentierte jemand, und „*voll cool*, wir danken Ihnen“, rief eine andere Mutter.

Peter schaute auf seine Uhr, die anderen und für ihn völlig unbedeutenden Punkte der Tagesordnung vergingen schnell und der Elternabend wäre bald zu Ende gewesen, aber dann meldete sich noch eine Mutter.

„Ich bin die Mutter von Sven und mir liegt noch etwas am Herzen."

„Ja, bitte", sagte Frau Blau.

„Mein Sohn hatte gestern einen Konflikt mit Herrn Läufer, Ihrem Sport-Kollegen. Sven hat eine Dummheit begangen und einen von zwei neuen Turnschuhen, die Dustin gehören, ins Klo geworfen. Auch wenn Dustins Eltern heute nicht anwesend sind, möchte ich dies doch erzählen, denn die Luft zwischen unseren Familien ist jetzt wieder rein. Die Reaktion des Sportlehrers fand ich aber nicht in Ordnung."

„Was hat er denn gesagt oder gemacht?", fragte Frau Blau nach.

„Unser Sven ist ein guter Sportler und deshalb schätzt ihn Herr Läufer. Im Unterricht und darüber hinaus nennt er ihn schon einmal *Mein bestes Pferd im Stall.* Das ist lustig und für Sven und uns ok. Aber nach der Versenkungsaktion des Turnschuhs im Klo sagte er laut vor allen in der Klasse:

Du bist das beste Pferd im Stall,
jetzt weißt du, was du bist.
Du bist das beste Pferd im Stall,
du machst den meisten Mist!

Wir sind als Eltern *sehr, sehr* empört *tatsächlich*, dass Sven vor allen so bloßgestellt wurde. Herr Läufer hätte ihm das auch unter vier Augen sagen können. Unser Sven hat sich abends bei Dustin entschuldigt, und zwischen den Kindern und uns als Eltern ist die Sache jetzt *tatsächlich* geregelt. Wenn die Turnschuhe gelitten haben, ersetzen wir sie natürlich. Ich möchte Sie bitten, mit Ihrem Kollegen zu sprechen, damit er künftig solche Attacken unterlässt", beendete Svens Mutter betroffen ihren Bericht.

Frau Blau bedauerte den Vorfall ausdrücklich, sagte die Klärung zu und äußerte den Wunsch, dass die bisher gute Klassengemeinschaft durch dieses Ereignis nicht dauerhaft gestört sein möge.

Anette wusste, dass nach solchen Abenden immer ein kurzer Ausklang in der nahe gelegenen Kneipe *Zur Post* stattfand. Peter hatte zwar keine Lust auf weitere spannende Erlebnisse, folgte aber ergeben seiner Frau.

„*Voll cool*, dass ihr auch da seid", sagte Paulas Mutter. „Kommt, hier ist noch *ein Stück weit* Platz.

Ich weiß nicht, ob wir noch über die Turnschuh-Aktion reden sollen. Ich denke eigentlich, es ist alles gesagt und die Sache wird sich wieder einrenken."

„Das stimmt *tatsächlich*", rief jemand.

„Doch wir ärgern uns immer wieder über den strengen Hausmeister. Jetzt, bei schönem Wetter, hat er den Basketballkorb abgebaut mit der Begründung, er sei *vielleich* nicht sicher angebracht. Auf Nachfragen und Bitten der Schüler reagiert er *sehr, sehr* unfreundlich. Ja", erklärte der Redner, „der Hausmeister sagt immer *vielleich* statt vielleicht. Als ich unseren Sohn neulich abgeholt habe, traf ich ihn und fragte, ob er vielleicht bald einen neuen besorgen könne. Das dauert *tatsächlich*, *vielleich* in den Ferien, war seine Antwort. Und wenn die Kinder einmal vom Schulhof über den strapazierfähigen Rasen laufen, schreit er *Nicht über den Rasen rasen!* hinter ihnen her. Dieser Hausmeister wirft ein *sehr, sehr* schlechtes Licht auf die Schule, ist meine Meinung."

Wer zu Hause etwas Ähnliches erzählt bekommen hatte, stimmte zu und eine Mutter meinte: „Wir sollten eine schriftliche Eingabe an die Schulleiterin schicken mit der Bitte um baldige Klärung der Sicherheitsfrage. *Vielleich* noch vor den Ferien."

Einige grinsten: „*Genau*, das machen wir *zeitnah*."

Danach schlug Paulas Mutter vor: „Lasst uns noch überlegen, was wir Frau Blau nach der Klassenfahrt für ihre Mühen schenken. Ihr seid doch einverstanden?"

„*Genau*, das machen wir *sicherlich*", ließen sich einige Eltern vernehmen und Paulas Mutter ergänzte: „Wie wär's zum Beispiel mit einem Bildband über Irland, da macht Frau Blau gerne Urlaub."

„Schöne Idee", sagten einige.

„Es gibt aber *sicherlich* noch andere Vorschläge", war von Kevins Mutter zu hören.

„Wir könnten auch eine Kiste Wein schenken, dann ist Frau Blau öfters mal blau", scherzte ein Vater am Ende des für die Gruppe reservierten Tisches.

„Das ist *sicherlich* keine gute Idee, wir sind *an der Stelle* nicht für den Alkoholkonsum von Frau Blau zuständig", meinte eine entfernte Nachbarin von Peter und Anette.

„*Genau*, auch meine Meinung", ergänzte Anette. „Ich schlage einen Gutschein für zwei Konzertkarten vor, dann kann sie sich aussuchen, wann und wo sie welches kulturelle Event besuchen möchte.“

„Auch nicht schlecht“, kam es aus der Runde.

„Lasst uns erst mal auf Frau Blau anstoßen, wir haben da eine super Lehrerin für unsere Kinder“, regte Peter an.

„*Genau*, das stimmt *tatsächlich*“, hörte Peter als Zustimmung.

Es wurde noch viel diskutiert an diesem Abend und schließlich einigte man sich auf den Bildband über Irland. Peter wurde immer ruhiger und die anderen immer ausgelassener. Oft erhob jemand das Glas und die Stimmung erreichte bald einen ersten Höhepunkt. Peter wollte gerne nach Hause gehen, aber auch nicht als Erster aufbrechen. Zum Glück kam dann bald eine Dame, die abrechnen musste und damit das Ende der Veranstaltung in Aussicht stellte. Kurze Zeit nach dem Bezahlen verabschiedeten sich Peter und Anette.

„Alles Gute *am Ende des Tages*“, rief Peter und fuhr mit Anette nach Hause.

„Das war *sicherlich* ein wichtiger Abend *an der Stelle*“, sagte Peter. „Und was heutzutage alles *spannend* ist“, erinnerte er sich. „Früher waren ein Krimi und ein Film spannend, aber heute ist ja schon der Einkauf von Leberwurst *spannend.* Und den Genitiv gibt es bald gar nicht mehr."

Anette hatte im Moment keine Lust auf weitere Gespräche und kommentierte Peters Rückblick auf den spannenden Abend nicht. Peter war müde und ging schnell nach oben.

„Ich brauche jetzt *an der Stelle* endlich *voll* die Ruhe unseres Schlafzimmer", rief er Anette zu.

*

„Du hast gestern etwas von *Leberwurst* gesagt“, kam Anette am nächsten Tag auf Peters Stichwort zurück. „Da habe ich neulich etwas *Spannendes* erlebt“, imitierte sie eine Mutter vom Elternabend und erzählte: „Ich war einkaufen und stellte mich an der Wursttheke an. Ich musste etwas warten, bis die Stimme der Verkäuferin erklang: Wer *bekam*? Ich schaute etwas verdutzt und sagte dann: Ich *bekomme*, doch die Verkäuferin reagierte nicht auf meine vorsichtige Kritik am falschen Tempus. Meine Erwartung des Einkaufs lag in der Gegenwart und nicht in der Vergangenheit, aber eine kurze Erläuterung der angemessenen Tempora unterließ ich. Offenbar hing ich jedoch diesen Gedanken zu lange nach, sodass die Verkäuferin etwas lauter wiederholte: Wer *bekam*? Wer *war* dran? Ich *bekomme*, ich *bin* dran, rief ich: 150 Gramm feine Leberwurst, bitte. Ich wurde freundlich bedient, doch mein Korrekturgeist ließ mich nicht in Ruhe. Ich holte tief Luft und sagte: Zum Thema *bekam* muss ich noch etwas bemerken. Ich *bekam* letzte Woche von Ihnen zehn Scheiben Salami, von denen zu Hause schon zwei Scheiben Schimmel aufwiesen. Das ist nicht in Ordnung, sagte ich verärgert.

Das lag bestimmt an den *warmen* Temperaturen bei Ihnen im Haus, erwiderte die Verkäuferin. Wir haben keine *warmen* Temperaturen in unserem Haus, sondern vielleicht *hohe*. Die Temperaturen sind entweder hoch oder tief, aber nie warm oder kalt. Das kann man nur beim Klima sagen, entfuhr es mir belehrend und verärgert zugleich.
Das ist echt *voll spannend*, sagte ein Schüler, und die anderen Umstehenden meckerten wegen meiner Lektion, weil sie immer noch warten mussten. *Alles gut*, sagte ein junger Mann. Das ist *voll crazy*. Sind wir hier in der Schule oder im Supermarkt? *Alles gut*, *alles gut*, wiederholte er, und ich verzichtete gerne auf die Aushändigung von Ersatz für die verschimmelte Salami."

Einige Tage später traf Anette wieder im Supermarkt ihre freundliche Nachbarin Petra. Peter nannte die Nachbarin allerdings nicht Petra, sondern Willma, weil sie sich angewöhnt hatte, manche Sätze mit *Ich will ma sagen* zu beginnen. So auch an diesem Tag.

„Hallo Anette, hallo Petra", begann die Unterhaltung.

„Wie geht es dir?", wollte Petra wissen.

„Danke, uns geht es gut“, kam die Antwort von Anette und Petra sagte: „Ich habe gehört, dass es hier bald einen Anbau an den Supermarkt geben wird.“ Anette lauschte aufmerksam den interessanten Informationen. „Ja, eine Erweiterung steht an, sogar mit einem kleinen Spielplatz für die Kinder und mehreren Ladestationen für E-Autos. *Ich will ma sagen,* das wurde *tatsächlich* auch Zeit.“

„Hoffentlich gibt es dann noch weitere Parkplätze“, bemerkte Anette.

„Da war sogar noch mehr geplant“, fuhr Petra fort. „Ein privater Investor will ein kleines Fitness-Center bauen, doch er wartet noch auf Zuschüsse.“

„Das wäre super“, kommentierte Anette, „dann kann sich Peter beim gemeinsamen Einkauf ein wenig sportlich betätigen.“ „*Ich will ma sagen*: Oder *du* gönnst *dir* die kurze Auszeit und *Peter* kauft *an der Stelle* ein.“

„*Genau*“, gab ihr Anette recht und schaute auf die Uhr. „Das sind großartige Neuigkeiten, Peter wird sich freuen. Liebe Grüße zu Hause.“ „Danke, grüß‘ du bitte auch.“

Auf der kurzen Rückfahrt nach Hause geriet Anette an einer Baustelle in einen Stau. Eine

Ampel regelte die einseitige Straßenführung und somit war Geduld gefragt. Nach zwei Rot-Phasen ging es endlich weiter, doch wenig später wurde Anettes Auto durch eine Polizeikontrolle angehalten.

„Guten Tag, Fahrzeugkontrolle, bitte zeigen Sie Ihren Führerschein und den Fahrzeugschein“, sagte der freundliche Beamte.

Anette kramte aus der unübersichtlichen Ordnung ihrer Handtasche den Führerschein hervor, doch den Fahrzeugschein konnte sie nicht finden. „Ich glaube, den Fahrzeugschein bewahrt mein Mann immer zu Hause auf, denn er will es den Gaunern bei einem Diebstahl nicht zu leicht machen, wenn sie gleich den passenden Schein zum gestohlenen Auto vorfinden“, erklärte Anette.

„Das geht gar nicht“, monierte der Beamte, „der Fahrzeugschein gehört *tatsächlich* ins Auto. Haben Sie denn das Warndreieck, die gelbe Warnweste und den Verbandskasten dabei?“, fragte der Mann.

Aber auch diese notwendigen und vorgeschriebenen Utensilien konnte Anette nicht finden und reagierte deshalb zunehmend nervös. „Vielleicht hat mein Mann die Teile in der

Garage gelagert“, versuchte sie, eine Erklärung abzugeben.

„Damit helfen Sie niemandem, wenn Sie unterwegs einen Unfall haben“, belehrte der Beamte die verunsicherte Frau. „Ist das denn überhaupt Ihr Fahrzeug? Das können Sie ja durch Papiere nicht beweisen. Wie lautet denn das Kennzeichen?“, wollte der Ordnungshüter wissen.

Anette wurde wegen der geäußerten Unterstellung wütend, sagte aber bewusst leise und mitleiderregend: „Ich kann mir doch keine Zahlen merken oder ich vertausche *tatsächlich* die Ziffern und Buchstaben, Herr Polizeikommissar.“

„Polizeioberkommissar, bitte, so viel Zeit muss sein“, entgegnete der Beamte. „*Genau*, das reicht jetzt. Sie unterschreiben hier bitte ein kurzes Protokoll und ich besuche Sie morgen zu Hause. Dann will ich die fehlenden Unterlagen und Utensilien sehen. Sie haben Glück: Da Sie *an der Stelle* freundlich geblieben und nicht wie andere frech geworden sind, sehe ich vielleicht von einem Verwarngeld für diese Ordnungswidrigkeit ab, doch das sage ich Ihnen morgen. Fahren Sie bitte vorsichtig weiter“, lautete die letzte Ermahnung, mit der sich der Polizist verabschiedete.

Anette erzählte zu Hause ausführlich von Petras Neuigkeiten und der Begegnung mit der Polizei.

„Ich habe gerade *tatsächlich* eine Ordnungswidrigkeit begangen“, beichtete sie schelmisch grinsend ihrem Mann.

Peter lehnte sich nach ihrem Bericht gelassen und bequem zurück. „Der soll *an der Stelle* mal schön ruhig bleiben, ich suche den Schein und die Utensilien, dann wird er wohl zufrieden sein. *Alles gut*“, sagte Peter. „*Ich will ma sagen*, ich hätte *an der Stelle* auch *ein Stück weit* so reagiert wie du. Nur das Kennzeichen solltest du dir langsam mal einprägen. *Genau.*“

*

„Ist heute wieder Spieleabend?“, stöhnte Peter.

„Ja, *genau*“, freute sich Anette auf das Wiedersehen mit ihren Freunden. „Wir sind bei Ulrich und Ulrike eingeladen. Um 19.00 Uhr geht's los.“

„Das wird ja *quasi* wieder ein toller Abend“, murmelte Peter, und Anette ergänzte: „*Richtig*“, denn *richtig* und *quasi* gehörten zu den absoluten Lieblingswörtern der beiden.

Ulrich und Ulrike verstanden sich als Lehrer und wollten auch entsprechend geachtet werden, nur die Ferienlänge konnten sie sich als Fahrlehrer und Tanzlehrerin nicht leisten.

„Guten Abend, ihr beiden“, begrüßte Ulrike die Gäste an der Tür.

Ein „Hallo“ kam zurück und bald saßen alle vier am großen Tisch, der mit Gebäck und Weingläsern dekoriert war.

„Was steht an? Ich habe mich *quasi* auf alles eingerichtet“, sagte Ulrich. „Hatten wir neulich nicht besprochen, diesmal wieder Monopoly zu spielen?“

„*Richtig*“, klärte Ulrike auf.

„Das kann spät werden“, meinte Peter, doch auf seine Warnung ging niemand ein.

„Wir haben uns *quasi* auf einen langen Abend eingestellt und morgen ist Samstag", sagte Ulrich.

„*Richtig*", bestätigte Ulrike, „also los und hol' das Brett."

Jeder bekam zwei Würfel und Peter durfte beginnen.

„Damit hast du *quasi* einen Vorteil, aber den gönne ich dir", erklärte Ulrich.

„*Richtig*", meinte Ulrike. „Wenn du schnell gut würfelst, kannst du auch bald Häuser und Hotels bauen."

„Ich habe bei Monopoly meistens Pech und die kapitalistische Grundidee des Spiels gefällt mir auch nicht", kommentierte Anette.

„Aber es ist ja *quasi* nur ein Spiel und vielleicht hast du heute *voll* Glück", sagte Peter.

Das Spiel zog sich zunächst fast zwei Stunden dahin, bis Peter und Ulrich die ersten guten Straßenzüge komplett hatten und mit dem Bau von Häusern beginnen konnten. Ulrike musste dreimal ins Gefängnis und Anette war bald stolze Besitzerin aller Bahnhöfe. Dennoch sah es in ihrer Kasse nicht so gut aus wie bei ihrem Mann, der mit zunehmendem Wohlstand immer unfreundlicher reagierte, was die Freude am Spiel bei Anette nicht gerade steigerte.

„Du bist bald *quasi* Millionär“, sagte Ulrich bewundernd. „Da hast du *voll* Glück gehabt.“

„*Richtig*“, ergänzte Ulrike.

„Oder es ist reines Können“, lästerte Anette, die sich schon als zahlungsunfähig sah. Nur selten landete einmal jemand auf Anettes Bahnhöfen, doch immer wieder ein Spieler auf der Schlossallee, die nun Peter gehörte. Auch die teure Schillerstraße war in Männerhand, sodass die Konten von Peter und Ulrich nachhaltig wuchsen. Ulrike hatte sich in der Badstraße eingerichtet, diese Immobilie bedeutete aber mehr Last als Lust.

Ulrich und Peter wurden bei Monopoly oft zu starken Konkurrenten.

„Du bist jetzt schon viel reicher *wie* ich“, sagte Ulrich. „Wie so oft hast du Glück beim Würfeln, und wenn du reicher und erfolgreicher bist *wie* ich, reizt mich das *quasi* und ich kann *sehr, sehr* unangenehm werden.“

Peter brauchte einige Sekunden, um angemessen zu reagieren. „Das ist doch nur ein Spiel unter Freunden“, meinte er und lächelte Ulrich zu. „Aber ich muss dir noch etwas sagen: Wenn wir als Freunde zusammen sind, kann ich doch *sicherlich* auch eine kleine Kritik äußern." Ulrich schaute fragend in die Runde. „Du hast eben zweimal *wie* gesagt, wo das Wort *als* hingehört: reicher *als* und erfolgreicher *als*. Immer wenn das Adjektiv in der ersten Steigerungsform auftritt, folgt das Wort *als*. Beispiel: Anette ist so alt *wie* Ulrike, aber: Du bist älter *als* ich."

Ulrich schaute etwas verunsichert und nickte leicht verärgert. „Ich rede immer so", sagte er, „aber gut zu wissen. Ich hoffe, wir bleiben Freunde und haben weiter Spaß beim Spielen, auch wenn du in Deutsch besser bist *wie* ich – ich meine *als* ich. Man kann auch mit Besserwissern befreundet sein", beendete Ulrich die sprachliche Lektion seines Freundes.

„Lasst uns *an der Stelle* mal eine Pause machen", schlug Ulrike vor. „Wir haben noch einen kleinen Imbiss vorbereitet."

Obwohl Peters Magen bei dem Wort *Imbiss* begehrlich leise knurrte, schaute er auf die Uhr. Das wird spät heute, dachte er, verzehrte aber trotzdem mit gutem Appetit das leckere Mitternachtssüppchen und Baguette.

„Wollen wir nicht aufhören?", bat Anette. „Ich verliere sowieso."

„Das ist wie im Leben, *weißt du?*“, sagte Ulrich und damit war eines seiner weiteren Lieblingswörter gefallen.

Da er als Fahrlehrer seine SchülerInnen grundsätzlich duzte, leitete er mit einem *Weißt du* immer wieder die Belehrungen zur Fahrweise und Straßenverkehrsordnung ein. „Das ist *quasi* wie im Leben, *weißt du?*“, wiederholte er. „Du musst deine Geldanlagen und Immobilien sorgfältig planen, sonst gehst du *tatsächlich* pleite.“

Anette hörte nur gelangweilt zu und hatte wenig Lust, quasi auch an diesem Abend bankrott nach Hause zu gehen.

Plötzlich meldete sich ihr Handy. Sie schaute wegen der späten Uhrzeit entsetzt auf das Display und hörte ihren Sohn Paul. Aus der kurzen Unterhaltung wurde schnell deutlich, dass Paul mit Fieber und Übelkeit im Bett die Hilfe von Mama brauchte. Besorgt und fröhlich zugleich konnten die Gäste deshalb sofort den Spieleabend beenden.

„Schade, doch das ist *quasi* ein Notfall“, sagte Ulrich. „Aber wir müssen das Spiel fortsetzen, *weißt du?*“, lächelte er Anette an.

„*Richtig*, es war schön mit euch. Gute Besserung für Paul“, rief Ulrike den beiden im Flur nach.

„Gut, dass wir den Abend *quasi* so elegant beenden konnten“, meinte Anette.

„Mir macht der monatliche Spieleabend *an der Stelle* auch nicht mehr so viel Spaß wie früher“, ergänzte Peter.

„*Richtig*“, lautete Anettes Analyse. „Doch jetzt ist erst einmal Pauls Gesundheit *sehr, sehr* wichtig.“

„Hoffentlich hat es ihn nicht zu schlimm erwischt *an der Stelle*“, betonte Peter.

„Das war sehr interessant", betonte Anette, auf die vielen sprachlichen Erfahrungen in den letzten Tagen anspielend. „Ich musste immer wieder darüber nachdenken. Man kann zu dem Thema der Füllwörter eine Pro- und Kontraposition einnehmen."

Peter wurde aufmerksamer als üblich und hörte seiner Frau intensiv zu.

„Wenn man zum Beispiel an *genau* denkt, haben wir sofort eine bestimmte Person im Blick, bei uns den Installateur der Heizungsfirma. Er gibt seiner Stimme und damit seiner Person eine Nuance, die seinen Sprecher individuell charakterisiert."

„Nun ja", gab Peter zurück, „*individuell* kann man nicht gerade sagen, bei der Menge von Leuten, die unbedacht und ständig *genau* sagt."

„Da hast du recht, aber wir denken sofort und ausschließlich an unseren Installateur", meinte Anette.

„Außerdem gelten die AnwenderInnen von Füllwörtern als spontan und innovativ, als jemand der ganz normalen Bevölkerung und als sehr emotional. Sie ermöglichen der Zuhörerin durch die Verwendung solcher Wörter eine minimale Denkpause und vermeiden bewusst jeden Anstrich von Intellektualität."

Peter staunte über die Argumentation seiner Frau und ihm war auch der kurze Ausflug ins Gendern nicht entgangen. Was sollte das? Auf welchen Abwegen befand sich Anette?

Seine Frau legte eine Pause ein und fuhr dann fort: „Nicht, dass ich unbedingt dieser Meinung bin, aber ich finde es des Nachdenkens wert."

„Das ist der erste Schritt zu einer Änderung und Kehrtwende deiner Ansichten", beklagte Peter und antwortete: „Auch ich habe nachgedacht, komme jedoch zu einem anderen Schluss. Füllwörter verlängern einen Satz nur künstlich und unnötig, man kann sie streichen, ohne dass etwas vom Inhalt fehlt. Sie erschweren das aufmerksame Zuhören und zeigen, dass der Redende oft schneller redet, als er denkt. Man kommt nur davon los, wenn man sich ständig bewusst macht, was man sagt, und diese Übung täglich pflegt. *Denn deine Sprache verrät dich,* das ist schon ein weiser Satz."

Anette hatte aufmerksam zugehört und konnte die Argumente ihres Mannes verstehen. Ob sie sie überzeugten, war ihr noch nicht klar.

Doch bei Peters letztem Satz stutzte sie. „Weißt du, woher das Zitat stammt?"

Peter schüttelte den Kopf.

„Das ist ein Satz aus der Bibel."

Peter rollte mit den Augen.

„Ja, in der Leidensgeschichte Jesu sagt eine Frau zu Petrus, der sich vor den Soldaten retten will, die Jesus gefangen nehmen: Du bist auch einer von seinen Jüngern, *denn deine Sprache verrät dich*. Damit schwebt auch Petrus in Lebensgefahr und er leugnet, Jesus zu kennen. Ich kann nur vermuten, was die Frau damals mit dem Wort *Sprache* gemeint hat, entweder den Dialekt, den auch Jesus sprach, oder fromme Vokabeln, die bis heute die Sprache im kirchlichen Raum charakterisieren."

Peter beeindruckten die guten historisch-theologischen Kenntnisse seiner Frau und er schwieg zunächst.

„Dabei ist auch die doppelte Bedeutung des Wortes *verraten* interessant oder auch *spannend*. Einmal kann es im Dativ das Preisgeben etwa eines Geheimnisses bedeuten (ich will *dir* etwas verraten), aber auch im Akkusativ auf den Verrat einer Information oder Person hinweisen (ich kann *den* Übeltäter verraten)“, berichtete Anette. „Und ich kann zum Beispiel durch Mode- oder Füllwörter ungewollt etwas von mir mitteilen, nicht gerade ein Geheimnis, aber dennoch eine individuelle und charakteristische Eigenschaft. Ich verrate etwas, wenn ich mich entsprechend verhalte oder äußere. Damit kann ich dann identifiziert werden“, erzählte Anette.

Dem zuletzt Gesagten konnte Peter durchaus zustimmen. Ihm schien aber der Vergleich mit der ursprünglichen Situation von damals unpassend. Eine für Petrus lebensbedrohliche Lage mit der Häufung unbedachter Füllwörter in der heutigen Zeit zu vergleichen, überzeugte ihn nicht. „Die Verbindung mit den Worten des Originals, die ein Bekenntnis fordern, ist für mich aber meilenweit von den Floskeln der heutigen Gesellschaft entfernt“, fasste Peter die Analyse seiner Frau zusammen.

„Zurück zu den sinnlosen Füllwörtern“, beendete Anette die letzten Überlegungen. „Dann müssen wir wohl damit leben und es gibt keine Sprache ohne diese Floskeln.“

„Ich glaube, doch“, meinte Peter. „Mir fällt da die *Körpersprache* ein, eine Sprache ohne sinnloses Beiwerk. Mimik, Gestik, Haltung und auch die Kleidung sprechen ebenfalls eine deutliche Sprache. Alle zusammen verraten unserem Gegenüber viel darüber, was wir fühlen oder denken, auch wenn wir nichts sagen. Die Körpersprache hat in der Kommunikation eine große Bedeutung – oft mehr als das gesprochene Wort. Das gilt für ein Vorstellungsgespräch genauso wie bei geschäftlichen Verhandlungen oder unseren Beziehungen im Alltag. Eine aufrechte Haltung, eine klare Stimme, ein fester Händedruck und ein freundliches Gesicht mit strahlenden Augen und Blickkontakt wirken anders als eine gebeugte, kleinlaute und traurige Erscheinung. Kommt die gesprochene Sprache dazu, findet sich oft eine Verbindung der beiden Ebenen. Der Satz *Ich habe so lange auf dich gewartet* kann einmal ein Ärgernis über eine Verspätung der Partnerin ausdrücken oder die frohe Erwartung eines vereinbarten Treffens. In beiden Fällen werden Mimik, Gestik und Haltung mit dem Satz korrespondieren. Kein Füllwort kann diese überzeugende Verbindung stören.“

Anette ergänzte: „Eine weitere Sprache ohne Füllwörter ist für mich die Sprache der *Musik* mit der Melodie, der Harmonik und dem Rhythmus. Sie hat ihre eigene Grammatik, kennt unterschiedliche Tonhöhen und Sätze mit wechselnden Tempi, benutzt Akzente und nicht zuletzt Pausen. Eine Musik ohne Pausen ist nicht denkbar. Was könnten wir in der täglichen Kommunikation davon lernen? Nicht immer nur reden, sondern durch Pausen dem Gesagten Tiefgang und Wert vermitteln. Und es gibt in einigen Fachbegriffen der Musik eine schöne Verbindung der beiden Ebenen: Sprachmelodie, Sprechrhythmus, Tonsprache. Musik ist eine universelle Sprache ohne störendes Beiwerk. Man sagt auch: *Diese Musik spricht mich* an oder *Ich finde die Musik ansprechend*, ohne dass ein einziges Wort gesagt oder vertont wurde. Der französische Schriftsteller Victor Hugo meint: Die Musik drückt das aus, was nicht gesagt werden kann und worüber zu schweigen unmöglich ist.
Und in einem Beitrag über Mozarts Musik hieß es einmal: Die Partitur ist perfekt. Wenn man eine Note streicht, bricht das ganze Werk in sich zusammen. Das ist bei unserer Alltagssprache allerdings völlig anders."

„Und ein weiteres Beispiel“, erzählte Peter. „Der Komponist Mendelssohn hat einige *Lieder ohne Worte* komponiert und dort *spricht* die Musik zu uns, auch ohne Text.“

Vom Gespräch der Eltern angelockt kam auf einmal Paul ins Zimmer. „Wenn ihr über Sprache redet, solltet ihr auch an das denken, was bei jungen Leuten *Phase* ist. Da spielen eure Überlegungen keine große Rolle. Wir haben über das Thema Jugendsprache auch neulich in der Schule mit Frau Blau gesprochen“, übernahm Paul die Rolle des dritten Gesprächspartners.

„Wie geht es denn da bei euch in der Klasse zu?“, wollte seine Mutter wissen.

„Voll *goofy*, das heißt *komisch*. Bei uns in der Klasse kommen fast täglich neue Wörter hinzu. Die Handys liefern aus dem Netz viel Neues, aber auch viel Unsinn, sagt Frau Blau. Neulich hat Alex unseren Sportlehrer mit den Worten begrüßt: *Ey Digga, was geht?* Herr Läufer hat gesagt, er nehme das jetzt mal nicht als Beleidigung auf, sondern als kumpelhaften Gruß. *Voll korrekt*, hat Alex geantwortet und gegrinst. Ich fand das auch nicht schlimm, denn wir alle können Herrn Läufer ja gut leiden. Viel schlimmer ist, dass einige in unserer Klasse mit ihren teuren Markenklamotten *krass flexen.*“

Anette schaute ihren Sohn fragend an.

„*Flexen* bedeutet *angeben,* und das tun manche ganz stark. Das ist mir total *sus.* “

Diesmal brauchte Peter Hilfe und fragte nach.

„*Sus* bedeutet in unserer Sprache *suspekt.*“

„Und was sagt Frau Blau dazu?“

„Nun, sie meint, wenn wir mit unseren Freunden so reden, sei das ok, weil wir uns ja auch von der Gruppe der Eltern und Lehrer und deren Sprachgebrauch deutlich abgrenzen müssten. Aber weil die Sprache der Jugendlichen sich in ständigem Wandel befinde, solle man darauf auch nicht zu großen Wert legen und vor allem eine Alternative kennen, und dafür sei sie als Lehrerin ja da.“

„Das finde ich auch“, bestätigte Anette, „und ich bin sehr froh, dass du in deinem Alter schon so differenziert denkst.

Gibt es denn auch Fälle von Beleidigungen in eurer Sprache?“, fragte Pauls Mutter. „Man hört doch immer wieder davon.“

„Ja“, erzählte Paul. „Neulich, auch im Sport, sollten wir Vierergruppen bilden und den Tim wollte keine Gruppe aufnehmen. Was ist los, Tim?, fragte Herr Läufer. Wir wollen mit dem *Lauch* nicht spielen, kam es von einigen Jungs." Peter fragte: „Was ist *ein Lauch?*" „So nennen wir die absolut dünnen Jungs, die schmächtig und ohne Muskeln daherkommen, wie eine Bohnenstange. Da hat Herr Läufer aber deutliche Worte gefunden und Tim in eine Gruppe integriert. Das Spiel verlief dann auch gut.

Es macht Spaß, in der Freizeit eine andere Sprache zu sprechen als im Deutschunterricht oder hier bei euch", meinte Paul. „Ihr seht, ich bin sehr flexibel."

„Das akzeptieren und respektieren wir auch", sagte Peter. „Wichtig ist, dass du beide oder sogar mehrere sprachliche Ebenen beherrschst."

Paul nickte zufrieden. „Ich geh' mal in mein Zimmer, *weil* ich surfe noch ein wenig."

Die Eltern hatten den Umgang mit PC und Internet in Maßen erlaubt, aber Peter stolperte sofort über Pauls Satz. „Was hast du gerade gesagt, Paul?"

Anette wusste, dass nun eine grammatische Lektion ihres Mannes folgen würde.

„Du kannst sagen: Ich geh‘ jetzt in mein Zimmer, *denn* ich *surfe* gerne noch ein wenig. Aber wenn du das Bindewort oder die Konjunktion *weil* verwendest, gehört das Prädikat ans Satzende, also: Ich geh‘ jetzt in mein Zimmer, *weil* ich gerne noch etwas *surfe*.“

Paul reagierte genervt. „Ja, das hat uns Frau Blau auch schon erklärt, aber die meisten haben das nicht verstanden, glaube ich.“

„Du musst einfach beachten, dass es zwei Arten von Konjunktionen gibt: nebenordnende und unterordnende. Nebenordnende Konjunktionen wie *und*, *oder*, *aber*, *doch*, *denn* verbinden zwei Hauptsätze miteinander und da folgt das Prädikat sofort hinter dem Subjekt. Beispiel: Paul lacht, *denn* der Vater *macht* schon wieder einen dummen Scherz. Unterordnende Konjunktionen wie zum Beispiel *weil*, *obwohl*, *dass*, *nachdem*, *bevor* verbinden einen Hauptsatz mit einem Nebensatz und da rutscht das Prädikat ans Satzende. Beispiel: Paul lacht, *weil* der Vater schon wieder einen dummen Scherz *macht*.“

„Ja, jetzt habe ich das besser verstanden“, lobte Paul seinen Vater. „Aber fast alle in meiner Klasse reden so wie ich. Gestern noch sagte ein Freund: Ich gehe nicht mit ins Freibad, weil ich habe leider kein Geld."

„Nun kennst du die entsprechende Regel und kannst sie zumindest manchmal anwenden", ergänzte Anette.

„Gut, euch zuliebe, aber jetzt ruft der PC. Ich danke für die Lektion in Deutsch und gehe jetzt hoch, weil ich habe keine Lust auf weitere Belehrungen", grinste Paul und verschwand.

„Und, was sagst du jetzt?", wollte Anette wissen.

„Ich denke, wir sollten Pauls Sprache akzeptieren, immer wieder behutsam auf die Alternative hinweisen und vielleicht auch lernen, sinnlose Füllwörter zu dulden. Denn du merkst ja, dass wir zwar darüber lächeln und lästern, aber selbst nicht vermeiden können, solche zu benutzen. Ich meine, man müsste unterscheiden zwischen seit langer Zeit schon gebräuchlichen Wörtern wie *ja, schon, etwas, nur, mal, wohl* ... und modischen Wörtern wie *an der Stelle, genau, sicherlich, zeitnah, halt, tatsächlich, sehr sehr, alles gut* ... Das ist nicht immer leicht und eine saubere Trennung gibt es nicht", sagte Peter und erklärte weiter:

„Außerdem unterscheiden wir unseren Sprechstil auch nach dem mündlichen oder schriftlichen Sprachgebrauch. Was wir uns mündlich gestatten, verbietet sich, wenn wir Texte schreiben. Dafür gibt es Deutschlehrer und Lektorate, die auf eine amtlich korrekte Sprache achten."

„Und das Ganze ist auch eine Frage der Generationen," meinte Anette. „Was alte Leute sehr stört, ist bei Jugendlichen kein Thema. Schon immer haben sich wahrscheinlich viele Menschen über die jeweils andere Generation gewundert oder geärgert, und die sogenannte Jugendsprache können wir bestimmt nicht ändern."

„Auch die allseits bekannten und schlechten Floskeln unterhalb der Gürtellinie, die man selbst in den Talkshows hin und wieder hört, haben wir nicht berücksichtigt", sagte Peter.

„Zum Glück", ergänzte Anette, „ich bin froh, dass wir nur die Beispiele aus unserem Umfeld im Blick hatten, das war interessant und *spannend* genug."

Anette musste leicht schmunzeln und Peter zwinkerte mit dem linken Auge.

„Lass uns das Thema für heute beenden“, schlug Anette vor. „Hauptsache ist, dass wir uns *am Ende des Tages* weiterhin gut verstehen und *voll* respektieren.“

Das Telefon meldete sich und Peter nahm den Hörer ab: „Schön, dass ich Sie *persönlich* erreiche“, sagte eine ihm unbekannte Stimme. „Darf ich Sie bitten, *persönlich* an einer Umfrage zum Thema Gesundheit teilzunehmen? Es dauert für Sie *persönlich* nur fünf Minuten.“

Was soll der Unsinn?, dachte Peter. Wenn ich persönlich nicht anwesend wäre, könnte ich den Anruf ja wohl nicht annehmen. „Nein, das dürfen Sie nicht, da bin ich *persönlich* dagegen“, erwiderte Peter. „Ich habe jetzt *persönlich* keine Zeit und *persönlich* auch *zeitnah* keine Lust. *Genau!* Auf Wiederhören.“

Als zehn Minuten später wieder das Telefon klingelte, wollte Peter nicht abnehmen. Deshalb sprang der Anrufbeantworter an und Peter hörte gerade noch: „... Teile sind da, morgen 8.00 Uhr Montage.“

Dann konnte also jetzt die Heizung endlich repariert werden.

Wie angekündigt erschien pünktlich am nächsten Tag ein Mitarbeiter der Firma Meier & Töchter, doch ein anderer als vor ein paar Tagen. „Mein Kollege ist *tatsächlich voll* krank und deshalb bin ich *am Start*“, grüßte der

Mann. „Die Ersatzteile sind *tatsächlich* gestern schnell geliefert worden und da wollen wir jetzt mal schauen, dass wir das Ding wieder *voll* zum Laufen kriegen."

Er packte sein Werkzeug aus und holte verschiedene Einzelteile aus seinem Auto. „Ich rufe Sie, wenn ich Sie brauche", sagte der Fachmann wie sein Kollege neulich. „Ich habe jetzt *voll* viel zu tun, aber ich hoffe, die Heizung läuft *relativ* bald wieder."

Peter ließ den Arbeiter allein im Keller zurück und schaute nach der Post in seinem Arbeitszimmer.

Nach drei Stunden meldete sich der fleißige Fachmann im Heizungskeller. „Läuft", sagte er, „*voll* problemlos, aber das wird *tatsächlich* teuer. Haben Sie schon mal an eine neue Heizung gedacht? Jetzt ist diese zwar wieder in Ordnung, doch sie ist ja schon *relativ* alt und wer weiß, wann die den Geist aufgibt."

Peter erstarrte und traute seinen Ohren nicht. „Eine neue Heizung? Wer soll das bezahlen? Die neuen Technologien sind doch richtig teuer."

„*Definitiv*", sagte der Fachmann, „aber dafür haben Sie dann auch eine *sehr, sehr* gute Qualität und das *tatsächlich* für *relativ* viele Jahre. Bei dieser *Möhre* hier weiß man nie, wann der nächste Fehler auftritt. Das können Sie sich ja *tatsächlich* in aller Ruhe überlegen", sagte der Mann und holte einen kleinen Arbeitszettel hervor, den Peter unterschreiben sollte. „Die Rechnung kommt in ein paar Tagen, *definitiv*", sagte er, grinste ein wenig und verabschiedete sich.

„Wir sollen eine neue Heizung kaufen mit *sehr, sehr* guter Qualität", erzählte Peter seiner Frau. „Auch das noch, wie sollen wir das bezahlen? Und dann die blöde Formulierung *sehr, sehr*. *Sehr* braucht man nicht zu steigern oder zu erweitern. So ist zum Beispiel eine sehr gute Leistung in der Schule eine hervorragende Leistung, die in besonderem Maße den Anforderungen entspricht. Diese Beschreibung genügt. Wenn man das Wort wiederholt und zweimal verwendet, vermindert und relativiert man damit die völlig ausreichende und einmalige Aussage. Diese Inflation von Übertreibungen geht mir auf die Nerven. Es soll sogar Politiker geben, die mit einem Verhandlungsergebnis *sehr, sehr, sehr* zufrieden waren. Das wirkt albern und überzeugt mich nicht. Und nun spricht auch unser Handwerker so.

Das hat der Mann aus der Politik und den Medien übernommen. Das hört man fast jeden Abend in den Nachrichten. Ich bin *sehr, sehr* sauer", ärgerte sich Peter und verschwand.

Anette schaute nun noch in aller Ruhe in die ausliegende Zeitung und stieß sofort auf einen Artikel zum aktuellen Thema. Das erneuerbare Heizen war gerade in aller Munde und auch in der Nachbarschaft hatte man schon heiß darüber diskutiert. „Unmöglich, *tatsächlich* lächerlich, *quasi* unbezahlbar *an der Stelle.* Was denkt sich die Regierung dabei? *Voll* daneben."

Hohe Emotionen und Wut auf das, was auf alle Hausbesitzer zukommen wird, waren bei jedem nachbarschaftlichen Gespräch zu spüren. „Dann können wir *quasi* unser Haus verkaufen, aber wer will noch so eine Hütte mit einer alten Gasheizung?", meinten einige Hausbesitzer. „Das ist *ein Stück weit* nicht bezahlbar und die Regierung muss *voll* umdenken", war immer wieder zu hören. „Sonst stehen wir *am Ende des Tages* dumm da."

Anette konnte den Unmut zwar verstehen, vermisste aber eine inhaltlich, sachlich und sprachlich angemessene Art der Diskussion.

Deshalb stutzte sie nach kurzem Überfliegen der ersten Zeilen eines Artikels in der Zeitung und freute sich über die guten Informationen des Redakteurs:

Erneuerbares Heizen
Was kommt auf Sie zu?

Die Energiewende im Heizungsbereich ist wichtig und zentral, damit die klimapolitischen Ziele erreicht werden können. Die Abhängigkeit von fossiler Energie (Gas, Öl, Kohle) muss dringend verringert werden. Mehr als 30% des Wärmebedarfs wird in Deutschland zum Heizen der Gebäude und für die Versorgung mit warmem Wasser benötigt. Noch sind in den meisten Haushalten fossile Energiequellen die Hauptwärmequelle. Deshalb ist ein schnelles Umsteuern auf erneuerbare Energien (Wind, Sonne, Biomasse) unverzichtbar. Schrittweise soll nun die klimafreundliche Wärmeversorgung umgesetzt werden, die stabil und langfristig kostengünstiger ist als das bisherige Heizen. Bis 2045 wird dann die Nutzung von fossilen Energieträgern beendet sein und alle Heizungen werden mit den erneuerbaren Energien betrieben. Natürlich scheuen die Bürgerinnen und Bürger die hohen Investitionskosten, aber sie sind einmalig zu leisten, es gibt kaum Wartungskosten und ein umfangreiches Förderpaket wird zur Verfügung gestellt.

Anette legte den Artikel für Peter beiseite. Das ist doch ein überzeugender Unterschied zu der aufgeregten und erhitzten Kommunikation in der Nachbarschaft, dachte sie und holte eine Flasche Rotwein aus dem Keller.

*

Ein paar Tage später traf Anette nachmittags zwei Mütter vom Elternabend in der Stadt. Schnell war die Klassenfahrt wieder Thema Nummer eins.

„Frau Blau ist *definitiv* sehr nett“, sagte die Mutter von Kevin.

„*Genau*“, antwortete Paulas Mutter. „Ich hoffe nur, dass dann bei der Fahrt alle gesund und munter *am Start* sind, denn bei unserem Sohn war im letzten Jahr ein Drittel der Mannschaft *voll* krank“, ergänzte sie.

„Und die Regelung mit dem Handy ist *definitiv* sehr gut“, trug Anette vor, auch wenn sie wusste, dass Kevins Mutter das anders haben wollte. „Ich finde das *an der Stelle* ein bisschen zu streng, aber die volle Verantwortung für zwanzig Kinder möchte ich auch nicht tragen“, gab sie zu.

„*Genau*“, sagte Paulas Mutter, „das ist *definitiv* schon eine große Herausforderung.“

„Das Ziel kommt übrigens bei den Kindern gut an“, wurde erzählt. „Alle freuen sich schon *ein Stück weit* und kurz vor den Sommerferien geht’s ja los. Hoffentlich haben alle dann *voll* Glück mit dem Wetter, denn bei Regen machen die Unternehmungen nur halb so viel Spaß“, waren sich die Mütter einig.

„Das Sportmuseum, von dem Frau Blau sprach, soll großartig sein", erzählte Anette von ihren Recherchen im Internet. „Die Kinder können diverse Sportarten ausprobieren, ihre Fähigkeiten testen und reale oder virtuelle Wettkämpfe durchführen. Das Gebäude hat einen Dachgarten mit einem Spielfeld für Ballspiele: Fußball, Handball, Basketball und Tennis sind möglich. Und bei leichtem Regen kann eine Überdachung ausgefahren werden."

„*Voll cool*", reagierte Kevins Mutter begeistert. „Am liebsten würde ich *tatsächlich* mitfahren, aber das ist ja leider nicht möglich *an der Stelle.*"

„Jedenfalls können die Kinder sich auf eine schöne Klassenfahrt freuen", meinte Anette.

„Stellt euch vor, der Sportlehrer hat sich bei Sven und seinen Eltern gemeldet", erzählte Paulas Mutter weiter.

„Na, dann ist ja mit einer Entschuldigung alles wieder in Ordnung", vermuteten die beiden anderen erleichtert.

„Von wegen Entschuldigung. Herr Läufer hat *tatsächlich* gemeint, er hätte etwas Falsches über das Pferd gesagt. Denn anders als beim Leistungsdruck in unserer Schule gäbe es im

Pferdestall kein gut, besser, am besten. Er sagte, der Vers *Du bist das beste Pferd im Stall* stimme also nicht, alle Pferde seien gleich wertvoll und gut und es gäbe kein bestes Pferd." „Das ist *voll* daneben", empörte sich Kevins Mutter. „Er hat dann noch mit der Expertise eines vom Gymnasium an unsere Grundschule abgeordneten neuen Kollegen für Biologie und Sozialwissenschaft argumentiert", berichtete Paulas Mutter.

„Das ist unglaublich", sagte Anette. „Das geht gar nicht. Was haben denn Svens Eltern dazu gesagt?"

„Sie haben nur den Kopf geschüttelt und sich geärgert. Wir sollten *zeitnah* die Schulleiterin informieren. *Genau.*"

Weitere Themen, die die Abschlussklasse der Grundschule betrafen, wurden kurz erörtert. Die unpünktlichen Busse, der häufige Unterrichtsausfall durch kranke Lehrerinnen und Lehrer, Fortbildungen, Klassenfahrten, viele Konferenzen und andere Termine.

„Das ist *sicherlich* alles wichtig, aber unsere Kinder müssen ja auch gut auf den Übergang zum Gymnasium vorbereitet werden", sagte Paulas Mutter.

„*Genau*“, pflichtete ihr Kevins Mutter bei, „sonst haben unsere Kinder später *voll* die Probleme, meistens in den Fremdsprachen und in Mathematik.“

„Auch die Anforderungen in Deutsch sind nicht gering“, antwortete Anette.

„*Genau*“, sagte Kevins Mutter. „Wenn die Kinder *den* Lehrplan nicht folgen können, gibt's schnell *voll* Probleme *an der Stelle*.“

Dativ bitte, dachte Anette und schob nach: „Das mit *dem* Lehrplan stimmt, denn die Schwächen in Deutsch wirken sich auf alle Fächer aus. Überall brauchen die Kinder im schriftlichen und auch ganz besonders im mündlichen Sprachgebrauch eine gute kommunikative Kompetenz. Beim Erzählen, wenn sie ein kleines Referat halten, eine Präsentation abliefern oder einen kurzen Aufsatz schreiben.“

„*Genau*“, wiederholte Kevins Mutter, „gerade hier bei uns *in* Westen Deutschland ist unser Bildungssystem nicht besonders gut *an der Stelle*. Was in *den* Unterricht nicht gelernt wird, geht für das Leben oft *voll* verloren. *Sprech*‘ ordentliches Deutsch, sage ich immer zu *meinen* Sohn“, ergänzte sie.

Anette verzichtete schweren Herzens auf eine grammatische Korrektur und kommentierte nur, dass *am Ende des Tages* die nächsten Wochen und Monate für die Kinder entscheidend sein würden. Die drei Mütter verabschiedeten sich, Paulas Mutter rief den beiden anderen *Alles Gute* zu und Anette antwortete mit einem freundlichen *Genau*!

*

Und wieder musste ein Einkauf erledigt werden. Diesmal war Peter an der Reihe, er nahm den Einkaufszettel mit, holte das Leergut und ging zum Auto. Zunächst steuerte er den nahe gelegenen Leergutcontainer an und startete mit dem Sortieren der Flaschen nach den Glasfarben Weiß, Grün und Braun. Er traf an der Stelle auch seinen Nachbarn, der mit einer ähnlichen Aufgabe betraut worden war. Bei ihm liefen ab und zu Reste von Wein und Saft aus den Flaschen heraus und er schimpfte: „Warum sind die blöden Flaschen nicht *voll* leer? Da läuft *einen tatsächlich* immer ein Rest auf die Hose! Das ist *sehr, sehr* ärgerlich!"

Peter lächelte und sagte: „Das ist *an der Stelle* dumm gelaufen, *tatsächlich.*"

Nach dem ersten Akt des Einkaufs fuhr Peter zum Supermarkt. Der war gut besucht und man musste einige Runden drehen, bis ein freier Parkplatz gefunden war.

„Viel zu voll hier", schimpfte ein anderer Fahrer. „Man findet *definitiv* kaum einen Einkaufswagen. Man muss *halt* Geduld haben."

Bald hatten beide eine Möglichkeit, mit einem Wagen einzukaufen, und Peter legte sofort los. Viele Grundnahrungsmittel sortierte er in seinen Korb und wie immer ärgerte er sich, dass Anette keine genauen Mengenangaben aufgeschrieben hatte. Also wie viel Zucker, Mehl, Butter, Eier, Quark, Käse, Fleisch und Milch zu besorgen waren, musste er nun selbst entscheiden. „Lieber mehr als weniger einpacken“, murmelte er halblaut vor sich hin, „dann brauche ich *tatsächlich* nicht so schnell wieder einzukaufen.“

An der Fleisch- und Wursttheke dachte Peter an die Erlebnisse seiner Frau vor ein paar Tagen und wartete gespannt. Mit einem freundlichen *Genau* verabschiedete sich die Fleisch- und Wurstwaren-Fachverkäuferin von der Kundin vor Peter und wandte sich dann ihm zu. „Hi, was *wollten* Sie, bitte?“, klang an Peters Ohr.

„Ich möchte bitte vier Schnitzel und zwei Mettwürstchen“, erwiderte Peter im richtigen Tempus.

„*Hatten* Sie sonst noch einen Wunsch?“, fragte sie nach.

„Nein, danke, das war’s *an der Stelle*“, fügte Peter hinzu und ging weiter. Er hielt sich streng an die Vorgaben auf dem Einkaufszettel und ließ sich deshalb auch durch viele angepriesene Leckereien nicht verunsichern. *Heute in Angebot!* las er bei der Gemüseabteilung, aber das Wort Gemüse stand nicht auf seinem Zettel und deshalb hatte er keinen Bedarf.

„Entschuldigen Sie bitte“, sagte Peter, der seinen Einkaufswagen versehentlich zu schnell und grob in eine vor der Kasse wartende Kundin geschoben hatte.

Sie zuckte kurz mit stark schmerzverzerrtem Gesicht auf und stöhnte: *„Alles gut, alles gut.“*

Komisch, dachte Peter, sie hat Schmerzen und sagt *Alles gut*. Was für eine Welt!

Peter war gerade dabei, einen Teil des Einkaufs auf das Laufband zu legen, da ertönte ein Gong mit der Ansage: „Bitte keine Waren mehr auf das Laufband von Kasse eins legen. Benutzen Sie bitte die Kasse zwei!“

Peter hatte schon viermal Zucker, dreimal Mehl und zweimal Butter aus dem Einkaufswagen genommen, doch er stoppte sofort und legte den Rest des Einkaufs auf das Laufband, das zur Kasse zwei gehört. Er pendelte daher mit seiner vollen Aufmerksamkeit zwischen zwei Laufbändern und zwei Kassen hin und her.

Hinter ihm wurde es lauter: „Was soll denn das? Wann geht’s hier endlich weiter? Das geht doch gar nicht! Geht’s dem noch gut?

Der hätte doch mit Kasse eins noch weitermachen können. So schnell wird hier nichts geschlossen", hörte er viele aufgeregte Stimmen.

„Nein, ich folge genau der Ansage", verkündete Peter. „Sonst hätten die bitte sagen müssen: Legen Sie *zeitnah* oder *demnächst* oder *bei Gelegenheit* keine Waren mehr auf Band eins."

Der Einkauf an zwei Kassen und zwei Laufbändern entwickelte sich ein Stück weit zum großen Stress für Peter. Durch den Tumult angelockt, erschien plötzlich der Geschäftsführer. „Kann ich helfen? Gibt's Probleme?"

„*Alles gut, alles gut, Chef*", riefen die Kassiererinnen der Kassen eins und zwei unisono, und der Geschäftsführer zog sich wieder zufrieden zurück.

Zwischendurch nickte Peter der leicht verunglückten Kundin noch einmal etwas wehleidig zu und verabschiedete sich mit einem Winken.

„*Karte?*", fragte die zweisilbige Kassiererin von Kasse eins.

Peter zückte seine Kreditkarte und erwiderte: „Ja, ich zahle gerne mit meiner Kreditkarte."

Danach wiederholte sich die herausfordernde Organisation der Bezahlung an Kasse zwei.

Beim Ausgang hatte sich eine lange Schlange vor einem Schnellimbiss gebildet, ein paar Tische standen dort im Freien und luden ein, gleich vor Ort eine Bratwurst oder ein leckeres Hähnchenteil zu verzehren. Auch ein recht großes buntbemaltes Schild stand dort mit der Aufschrift: Alles auch *zum mitnehmen!*

Ja, da lässt die Rechtschreibung mal wieder grüßen, dachte Peter, und beim Vorbeigehen murmelte er leise: „*Genau*, nur bitte mit großem *M.*“

Draußen sah Peter dann auf einmal den Geschäftsführer wieder. Er wollte nicht auf den Vorfall an den Kassen zurückkommen und sagte deshalb: „Ich freue mich, dass Sie bald nach dem Umbau hier auch E-Ladestationen vorhalten. Denn das wurde auch Zeit und das Laden lässt sich gut mit dem Einkauf verbinden.“ „Ich fürchte, ich muss Sie da *ein Stück weit* enttäuschen oder zumindest vertrösten“, versuchte der Chef zu erklären. „Wir waren *tatsächlich* in Verhandlungen mit dem schwedischen Energiekonzern LACH-NET. Die Brüder Ole und Frans Lach aus Stockholm waren sehr interessiert, sind jedoch gestern ohne Angabe von Gründen abgesprungen. Schade. Dabei wäre das bei unserer Supermarktkette LODL bestimmt ein großer Erfolg geworden. Nun ja, vielleicht ergibt sich *tatsächlich* später mal eine neue Chance.“

Während der Rückfahrt hielt Peter wenige Meter weiter dann plötzlich an. Er hatte einen Stand an der Straße entdeckt, an dem Spargel verkauft wurde. *Frische Spargel* plakatierte der Verkäufer und Peter wollte seine Frau – entgegen der Anweisung auf dem Zettel – nun doch mit einem Kilogramm dieses edlen Gemüses erfreuen. Er bestellte und konnte aber seinen Korrekturgeist diesmal nicht bremsen. Nach dem Bezahlen erklärte er: „Es heißt Frische*r* Spargel.“ Er zeigte auf das Schild. Der Budenbesitzer lachte etwas künstlich und Peter verabschiedete sich: *„Alles gut!“*

Beim nächsten Einkauf wenige Tage später kam Anette an der besagten Bude vorbei, stutzte auf einmal, schmunzelte und las, als sie nah genug an der Bude war, ein neues Werbeschild: *Frischer Erdbeeren*!

*

Das Telefon läutete und Ulrike meldete sich eine Woche nach dem Spieleabend. „Ich wollte mal fragen, ob es Paul wieder gut geht. Ihr musstet uns vor ein paar Tagen so schnell verlassen."

„Ja, er hatte eine Magengrippe und teilweise hohes Fieber", erzählte Anette. „Jetzt geht es ihm aber wieder gut und er war auch schon in der Schule."

„Wollen wir uns mal auf einen Kaffee treffen?", fragte Ulrike.

„Gerne", sagte Anette, und ein Termin war schnell ausgemacht.

„*Weißt du*", imitierte Ulrike wenige Tage später im Café ihren Mann, „jetzt kennen wir uns schon so viele Jahre. Wir spielen einmal im Monat zusammen, reden aber kaum miteinander oder nur oberflächlich über viele Belanglosigkeiten."

„*Richtig*", sagte Anette und nahm damit ein Lieblingswort von Ulrike auf.

„Jetzt aber im Ernst, ich habe schon oft gedacht: Gibt es nicht schönere Spiele als Monopoly, die die Kreativität und den Geist etwas mehr herausfordern? Oder könnten wir nicht auch einmal einen guten Gesprächsabend haben?“

„Dann aber über wichtige Themen“, waren sich beide Frauen einig.

Ulrike fuhr fort: „Als im letzten Jahr meine Schwester einen schweren Unfall hatte und wochenlang im Krankenhaus lag, haben wir uns darüber nicht ausgetauscht. Und dabei sind wir gute Freundinnen.“

„Da hast du recht“, antwortete Anette. „Und als mein Vater vor drei Monaten starb, war das auch kein Thema. Dafür spielen wir lieber abends Monopoly und reden über Finanzen.“

„Das wollen wir ändern“, befanden beide.

„Vielleicht nach deinem Geburtstag in zwei Wochen“, meinte Anette. „Wir sollten uns künftig häufiger einmal treffen. Ich glaube, das wäre für uns beide ein Gewinn. Die Spielerunden sind zwar auch schön, aber wir könnten eine Ergänzung unter uns gut gebrauchen.

Was wünschst du dir eigentlich?“

„Ach“, klagte Ulrike, „da sprichst du ein leidiges Thema an. Im letzten Jahr habe ich von den vielen BesucherInnen meines Tanzkurses und von KollegInnen eine Ansammlung von WhatsApps mit immer den gleichen oder ähnlichen Emojis bekommen. Wenig Text, viele Symbole. Das nervte irgendwann. Hier, ich zeige sie dir auf meinem Handy."

💋 Herzlichen Glückwunsch, liebe Ulrike
😁 Hi Ulrike, alles Gute
💋 Alles Liebe von Klaus
😁 Von mir auch, Herrmann
😁 Von mir ebenfalls, Gabi
😁 Auch von mir, Ralf.
😁 lass es krachen, von Sabine
👍 Immer fröhlich bleiben, T.
💋 Bleib gesund, Frieder
😁 Alles Liebe, alles Gute von Ute
😁 Auch von uns, Rudi und Petra
😁 von mir auch, Alex
😁 und von mir, Kurt
👍 Bleib sauber, Brigitte
❤️ Glückwunsch, schöne Tänzerin, Lotti
💟 Ja, auch von mir, von Tamara
💕 Beste Grüße, Herbert
❤️ Gruß und Kuss von Julius
😊 Feiert schön! Dieter
👍 Immer fröhlich bleiben, T.
💋 Bleib gesund, Frieder
😁 Glück auf, Rainer
❤️ Immer fröhlich bleiben, Carmen
💋 Bleib gesund, Friederike
😁 Glück auf und Einer geht noch, Rainer

„Das ist nicht mehr schön. Eine Mitteilung reiht sich an die andere und mit der zunehmenden Anzahl wird es nichtssagend. Ganz früher kam ein Kartengruß, später dann vielleicht ein Anruf, immer verbunden mit ein paar persönlichen Worten. Und heute ..."

„Das erlebe ich ähnlich", ergänzte Anette. „*Denn deine Sprache verrät dich*, sagt Peter manchmal, und wenn gar nichts mehr zu sagen ist, verschickt man Bildchen und Symbole. Aber zurück zu deinem Wunsch."

„Ja", strahlte Ulrike, „da habe ich einen ganz besonderen Wunsch. Bitte schreibe mir zu meinem Geburtstag einen Brief. Du kannst immer so schön formulieren und in einer wunderbaren Sprache ausdrücken, was dir wichtig ist und was du mir wünschst. Einen Geburtstagsbrief habe ich seit Jahren nicht mehr erhalten und was man heutzutage schreibt, habe ich dir gerade gezeigt."

„Das mache ich gerne", erwiderte Anette. Ist das dein größter Wunsch?"

„*Richtig*", sagte Ulrike und lächelte.

Zuhause erzählte Anette ihrem Mann von der Begegnung mit Ulrike.

„Das ist erstaunlich“, freute sich Peter. „Sie möchte einen Brief von dir. So etwas erlebt man selten. Das ist sehr schön und du wirst *sicherlich* den passenden Text finden, der sie erfreut.“

Anette überlegte ein paar Tage und sammelte Stichwörter für den erwünschten Brief. Bald war er rechtzeitig zu Ulrikes Geburtstag fertig und sie suchte gutes Briefpapier, einen schönen Umschlag und eine passende Briefmarke.

Das sind alles Vorgänge, die früher üblich waren und heute durch die unverbindlichen WhatsApps verloren gehen, dachte Anette. „Und es hat wieder Spaß gemacht, *richtig*“, murmelte sie halblaut vor sich hin, indem sie an Ulrike dachte. Bevor sie den Brief in ein Kuvert steckte, las sie ihre Zeilen noch einmal:

Meine liebe Freundin Ulrike,

zu Deinem Geburtstag gratuliere ich Dir herzlich. Wie schön, dass Du Dir von mir einen persönlichen Brief gewünscht hast. Gerne komme ich Deiner Bitte nach.

Wir kennen uns nun schon so lange und viele gemeinsame Erlebnisse und Erfahrungen verbinden uns: schöne und auch traurige. Du weißt, dass wir einander immer die eigenen Gedanken und Gefühle mitteilen können, auch wenn das zuletzt manchmal durch oberflächliche Begegnungen etwas verloren gegangen ist. Aber vielleicht schlagen wir gemeinsam ab heute ein neues Kapitel in unserer Beziehung auf. Ich bin dazu gerne bereit. Ich weiß, mit wie vielen guten Gedanken und wertvollen Erfahrungen Du unsere langjährige Gemeinschaft bereichern kannst. Unsere guten Gespräche sind mir wichtig und Deine vertrauensvolle Freundschaft sowie Deine Offenheit tun mir gut.

Ich wünsche Dir ein glückliches, gesundes und mit vielen positiven Gedanken erfülltes neues Lebensjahr, gute und harmonische Begegnungen in der Familie und mit Freunden, weiterhin ein erfolgreiches Berufsleben und freue mich auf unseren gegenseitigen Austausch zu zweit und auch mit unseren Partnern.

In herzlicher Freundschaft verbunden grüße ich Dich und auch Ulrich.

Deine Freundin Anette

Coda

Ein nachbarschaftliches Straßen- und Sommerfest sollte eine gute und langjährige Tradition fortsetzen.

„Zum Fest musst du in diesem Jahr unbedingt eine neue Hose tragen“, sagte Anette. „Du kannst nicht jedes Jahr mit derselben Freizeithose erscheinen. Die Leute denken ja, du hättest nur diese eine Hose“, klärte Anette ihren Mann auf.

„Aber ich mag diese Hose, ich fühle mich wohl und ich brauche keine andere“, widersprach Peter.

Trotz Peters Gegenrede war klar, was ihn erwartete. Nur ungern folgte er Anette in ein Bekleidungsgeschäft, mit dem er eine Menge unangenehme Erfahrungen verband. Es hieß zwar, dass Peter eine neue Hose brauche, doch das Verkaufsgespräch entwickelte sich regelmäßig zwischen seiner Frau und der Verkäuferin, die die beiden schon kannte.

„Hier habe ich eine schöne und luftige Sommerhose, die kann *er* ja mal probieren.“

Von wem redet die Frau?, dachte Peter, doch er verschwand gehorsam in der Umkleidekabine und zeigte sich kurz darauf den beiden Frauen.

„*Sehr, sehr* schön, die steht *ihm*“, verkündete die Verkäuferin gut gelaunt.

Aber Anette bestand darauf, noch eine Alternative anzuprobieren. Also ging Peter wieder in die Kabine, zog die Sommerhose Nummer eins aus und zwängte sich in das Alternativangebot.

„Nein, die ist gar nichts für *ihn*, der Schnitt ist *tatsächlich* nicht vorteilhaft, hinten sieht das bei *ihm* gar nicht gut aus. Nein, unmöglich, die steht *ihm* nicht“, lauschte Peter den fachlichen Ratschlägen.

„Will *er* nicht einmal eine kurze Hose probieren?“, fragte die Verkäuferin.

„Nein, das geht gar nicht, bei seinen Beinen ist das ungut“, referierte Anette.

Der Rhetorik der Frauen folgend sagte Peter: „Dann kann *er* doch die erste nehmen, die stand *ihm* doch.“

„Gefiel *ihm* die denn auch?“, erkundigte sich die Verkäuferin.

„Die ist *sehr, sehr* schön, *tatsächlich*“, entschied Peter und wollte damit das grausame Spiel beenden.

„Wir bekommen in zwei Wochen neue Ware, vielleicht besuchen Sie uns dann noch einmal“, erging eine Botschaft an Anette.

„Ich denke, nicht“, erwiderte Peter schnell, „*er* ist sehr zufrieden mit dieser Hose, die *an der Stelle* nun auf eine Premiere beim Straßenfest wartet.“

Zu Hause machte Peter seinem Unmut Luft. „Was redet die Frau mich immer mit *er* an? Das geht gar nicht. Und dich belustigt das auch noch.“

Anette musste schmunzeln und holte aus ihrem Gedächtnis ein Kosewort von früher für Peter hervor. „Weißt du noch, du hast dich immer schon über das Pronomen in der dritten Person geärgert und ich habe dir dafür früher einmal den Spitznamen *Pronomen-Peter* gegeben“, sagte Anette und lachte herzlich und lange. „Die Hose steht dir gut, mein lieber *Pronomen-Peter*.“

„Das ist nicht lustig, aber zum Glück kaufe ich nur eine Hose im Jahr bei *ihr*“, erklärte Peter verärgert.

Viele weitere Planungen, Vorbereitungen, Einkäufe, Wetterberichte und Teilnehmerlisten sorgten nach dem erfolgreichen Hosenkauf tagelang für Gespräche und Austausch in der Spielstraße. Am Tag des Festes wurde ab 10.00 Uhr aufgebaut. Wetter und Stimmung waren gut und bald tummelten sich gut fünfzig nette Leute mit vielen Kindern am Grill, auf einer Hüpfburg und vor dem Getränkestand mit einigen Bierzeltgarnituren. Peter und Anette hatten bei der Planung und Organisation mitgeholfen und waren auch jetzt tatkräftig dabei. Anette bediente gern mit anderen Frauen einen Waffelstand und Peter kümmerte sich mit seinem Nachbarn um den Bierausschank. Ob das eine gute Idee war, bleibt an der Stelle offen. Jedenfalls musste und wollte Peter mit fast allen Nachbarn anstoßen und so floss der gelbe Gerstensaft in Strömen.

Irgendwann fiel ihm das Aufstehen schwer, er konnte – ganz untypisch für ihn – bald keine vollständigen Sätze mehr formulieren und ließ zwei Biergläser fallen. Anette schlug besorgt vor, dass er sich *zeitnah* kurz zurückziehen und im Haus ein wenig erholen solle. Peter gehorchte und ging etwas wankend einige Meter bis zu seiner Haustür.

Das angenehme und leise Rauschen des milden Sommerwindes verband sich harmonisch mit dem Rausch seines Nervensystems und versetzte teilweise sein sprachliches Regelwerk in den Ruhemodus.

„*Alles gut*“, raunte er, „es ist *tatsächlich alles gut an der Stelle.*“

„Komm, einer geht noch“, hörte er quasi entfernt seinen Nachbarn sagen. Und tatsächlich, einer ging noch. Die Musik wurde leiser, ganz anders als in den früheren Jahren, und manche netten Nachbarn sahen leicht verändert aus.

„Ich bin *zeitnah* wieder *voll* da, *weißt du?*“, murmelte Peter. „Es ist heute *sehr, sehr* schön. Gleich gebe ich *meinen* Freund noch *definitiv* ein Bier aus, *alles gut*. Auch Leute aus *den* Norden Deutschland sind *definitiv* willkommen. *Genau*, ich bin *voll* müde, ich muss mich *tatsächlich* noch etwas ausruhen. Hauptsache, *am Ende des Tages ...*“

Anette hatte sich inzwischen köstlich unterhalten und amüsiert, hier und da einen Schluck Wein getrunken und maßvoll das Grillbüfett besucht.

„Ich will *den Peter* ein‘ Schnaps bringen, wo ist der denn?“, fragte ein Nachbar vom Ende der Straße.

„Ich weiß auch nicht, wo er steckt“, wunderte sich Anette. „Er wollte nur kurz zu Hause etwas ausspannen. Ich schau mal, wo er bleibt.“

Anette ging ins Haus und fand ihren Mann tief schlafend und holprig schnarchend auf dem Sofa im Wohnzimmer. Er bemerkte sie nicht, auch nicht, als sie laut seinen Namen rief. Sie rüttelte an seiner Schulter und stieß ihn sanft und liebevoll in den Rücken. Da schnellte Peter auf, schaute etwas orientierungslos um sich und lallte: „*Genau*, da hab‘ ich *tatsächlich* tief geschlafen und *voll* geträumt *an der Stelle*. Ist *am Ende des Tages* denn schon alles vorbei?“

Zugabe

Peter und Anette hatten in der Verwandtschaft ein Musiker-Ehepaar, das sie jetzt mit einem Besuch erfreuen wollte. Dieter und Carmen wohnten weit im Süden Deutschlands und waren wegen einer Rundfunkaufnahme auf dem Heimweg von Hamburg nach Hause. Deshalb hatten sie angefragt, ob ein Treffen in der Mitte bei Peter und Anette möglich und damit ein kurzes Wiedersehen denkbar sei. Gerne wurde die Einladung angenommen. Auch wenn man sich selten sah, die Gemeinschaft bei gelegentlichen Besuchen war sofort immer herzlich und interessant. Peter und Anette hörten allerdings etwas von Dieter und Carmen, denn sie hatten als Musiker schon einige Tonträger produziert und die Verwandtschaft gerne an ihrem künstlerischen Erfolg teilhaben lassen. Carmen spielte hervorragend Saxofon und ihr Mann war Profi auf dem Violoncello. Eine gerade produzierte neue Aufnahme hatten beide im Gepäck und da war natürlich das Interesse an der ganz neuen Einspielung groß.

Nach der herzlichen Begrüßung am späten Nachmittag und einem leckeren Abendessen wollten Peter und Anette unbedingt die neue Aufnahme hören. Die beiden Musiker hatten sich darauf spezialisiert, bekannte Stücke für ihre ungewöhnliche Besetzung zu arrangieren. Die reizvollen Klangfarben von Saxofon in einer warmen Alt-Lage und dem Streichinstrument in der Bass-Lage harmonierten sehr gut miteinander.

Nachdem alle bequem im Wohnzimmer Platz genommen hatten, legte Peter die neue CD in das Abspielgerät und Dieter empfahl zum Einstieg das dritte Stück. Alle vier lauschten aufmerksam den Klängen der beiden Instrumente und dem langsamen Opus, die Musiker mit kritisch kontrollierendem Gehör und die Gastgeber hingebungsvoll genießend.

Eine lange und schwebende Dur-Melodie wurde von zarten, punktuellen Akzenten im Cello begleitet, wobei die Saiten sowohl gestrichen als auch gezupft wurden. Später veränderte sich in der Komposition die Rolle der musikalischen Dialogpartner und das Cello übernahm die lange und schwebende Melodie vom Saxofon, diesmal aber nach Moll gewendet. Dafür spielte das Saxofon die zarten, punktuellen Akzente. Nach dem Rollenwechsel traten vermehrt Pausen auf, die das musikalische Geschehen fast zum Stillstand brachten. Doch immer wieder nahm die Musik einen neuen Anlauf, wobei sie sich langsam aber sicher dynamisch abschwächte und somit vom mezzoforte zum pianissimo überging. Wieder und wieder Pausen, kurze Einwürfe der beiden Solisten und ein überraschendes Ende des Duetts.

Alle schwiegen einige Sekunden und bewegten das Gehörte in ihren Herzen weiter.

„Das ist unglaublich schön“, sagte Anette. „Ich war in Gedanken an der Nordseeküste. Sanfter Wind, unendliche Weite, herrliche Dünen, blauer Himmel mit kleinen, weißen Wolken, gelbe Rapsfelder und wir dürfen dabei sein. Wir wandern oder fahren mit dem Rad am Wasser entlang oder gehen bei Ebbe behutsam ins Watt und das alles bei absoluter Ruhe eines neuen Morgens. Und die Pausen in dem Stück haben mir gutgetan.“

„*Das ist erstaunlich, sehr erstaunlich tatsächlich*“, meinte Dieter mit einer sonoren Stimme, die sehr seinem Cello glich.

„Und bei der unbeschreiblich schönen Natur gibt es zusätzlich auch moderne, punktuelle Akzente, viele Windräder und einige Photovoltaikanlagen auf Dächern und

Feldern. Sie stören aber nicht, vermitteln ebenfalls Ruhe und ergänzen das eben entworfene Bild“, fuhr Anette fort.

Damit ging die Gesprächsführung an Peter über. „Ja“, erzählte er, „die Energiegewinnung im Norden ist vorbildlich. Manche Windräder müssen ruhen, weil im Betrieb zu viel Strom erzeugt würde. Viele landwirtschaftliche Betriebe produzieren ihren eigenen Strom und sind damit fast autark. Auch wenn im Norden die Sonnenstunden geringer ausfallen als im Süden, ist der Ertrag gewaltig. Das ist sehr überzeugend und könnte ein Modell für ganz Deutschland werden“, erklärte Peter.

„*Tatsächlich erstaunlich, sehr erstaunlich ist das*“, meinte Carmen und reagierte damit auf die Aussagen des Hausherrn.

Dieter musste lachen und die anderen schauten ihn fragend an.

„Was war so lustig an unseren Erklärungen?“, wollte Anette wissen.

„Nichts“, sagte Dieter, „aber da haben wir gerade mit unseren Äußerungen eine schöne Parallele zur eben gehörten Komposition geliefert.“

Wieder schienen die Anwesenden ratlos, doch Dieter klärte auf.

„Anette hat – wie in der Melodie des Saxofons – so schön von der Küste erzählt. Und ich habe dann ergänzt *Das ist erstaunlich, sehr erstaunlich tatsächlich.* Wie in der Begleitung der tiefen Cellostimme. Und später hat Peter – wie in der Melodie des Cellos – von moderner Technik gesprochen und Carmen hat als Begleitung *Tatsächlich erstaunlich, sehr erstaunlich ist das* gesagt.

Wir haben mit unseren Textbeiträgen das musikalische Prinzip vom Abwechseln der Melodie- und Begleitstimme imitiert.

Anette mit der Melodie in der Oberstimme und ich mit der Begleitung in der Unterstimme. Und später Peter mit der Melodie in der Unterstimme und Carmen mit der Begleitung in der Oberstimme. Wir haben also mit unseren Beiträgen genau das Wesen und die Struktur der kleinen Komposition wiedergegeben und analysiert. Glückwunsch!

Ob bewusst oder unbewusst hast du, Carmen, die Begleitung aber rückwärts zitiert“, erklärte Dieter. „Der kommentierende oder begleitende Satz erschien also einmal vorwärts und einmal rückwärts. Das gibt es auch in der Musik und man nennt es den *Krebsgang* einer musikalischen Phrase. Diese Kompositionstechnik kommt in einem anderen Stück unserer CD vor. Aber man kann sie als Laie ohne die Partitur kaum erkennen."

Peter und Anette staunten über die Feinheiten der Komposition und freuten sich über das Lob aus dem Mund des Fachmanns.

„Wie strukturiert und klar, schön und ohne sinnloses Beiwerk die Musik doch auskommt", sagte Peter.

„Das ist *tatsächlich richtig*", stimmte Anette augenzwinkernd zu.

Peter spürte den heute gar nicht floskelhaften Ton ihrer Aussage und dachte an die häufigen Diskussionen der letzten Zeit zurück. Auch Anettes Bemerkung zu den Pausen beeindruckte ihn und er nahm sich vor, Pausen nicht nur in der Musik zu beachten.

„Die Musik der neuen CD wird sicherlich ein großer Erfolg werden", meinte Anette. „Und wenn nicht, hat sie mich heute schon sehr beeindruckt und erfüllt. Sie hat mich angesprochen und das berührt mich."

„*Genau*", bestätigte Peter und auch er benutzte das Füllwort diesmal in voller Überzeugung, mit großem Ernst und

Hochachtung für die schöne Musik und die erfolgte Analyse.

*

Die geschilderten Szenen und Situationen sind rein fiktiv, eventuelle Ähnlichkeiten zu lebenden Personen wären ganz und gar zufälliger Natur.

Epilog

Wie in einer Sonate kommen auch in dieser Erzählung verschiedene Themen und Motive vor. In der Exposition sind dies vier Kommunikationssituationen, die laut vorgelesen ihre Wirkung am besten entfalten, weil die Sprache dann zum Klingen kommt. Gespräche mit einem Handwerker und bei dem Elternabend in der Schule, während eines Einkaufs und beim Spielen mit Freunden. Alltagssituationen, wie sie wahrscheinlich in jeder Familie vorkommen.

In der Reprise werden diese Situationen wieder aufgegriffen, sodass nach einer Diskussionsrunde über Pro und Kontra in der Durchführung für die Leserinnen und Leser ein Wiedererkennungswert gegeben ist.

Der Handwerker erscheint als Kollege, der Elternabend in der Schule erfährt eine Nachlese durch einige Mütter, der Einkauf, der diesmal vom Vater der Familie übernommen wird, und eine Aufarbeitung des Spieleabends durch die beiden Freundinnen. Gerade bei diesem Motiv erreicht die Erzählung einen besonderen Tiefgang. Die Erfahrung echter und nachhaltiger Kommunikation in brieflicher

Form gegenüber der bisher geübten Füllwort-Rhetorik schafft die Möglichkeit, der Sprache eine weitere Dimension zu eröffnen und mehr Bedeutung zu verleihen.

Im Nachdenken über oberflächliche Teilhabe am Leben der anderen durch Mitteilungen über sogenannte soziale Medien zeigt sich, wie unsozial diese Nachrichten sein können und wie wenig persönliche Nähe sie gewähren.

In der Coda gibt es einen humorvollen Rückgriff auf die leitenden Themen der Erzählung. Nach dem Einkaufserlebnis mit der neuen Hose und dem fröhlichen Straßenfest durchlebt Peter im Traum die volle Umsetzung seiner ihn umgebenden und bisher tapfer bekämpften Kommunikationswelt.

Die Leserinnen und Leser mögen den Diskussionsteil in der Durchführung gerne selbst durch eigene Argumente bereichernd weiterführen und persönliche Erfahrungen in der Exposition und ihre zahlreichen Varianten in der Reprise ergänzen.

Die Zugabe zeigt an einem kleinen Beispiel die oft sehr naheliegende Verbindung von Sprache und Musik auf. Die subjektiven Empfindungen beim Hören und das Formulieren der Gefühle und Wirkungen der Musik werden oft spontan und nicht immer druckreif geäußert. Dennoch verbinden sich bei den Beteiligten die Entsprechungen von Wort und Ton zu einem gemeinsamen Erleben.

Im Übrigen ist dem Autor bewusst, dass die Veränderungen des Sprachgebrauchs heute in einem rasanten Tempo vor sich gehen. Deshalb kann die vorgelegte Fassung auch nur als eine kleine Momentaufnahme der aktuellen Szene verstanden werden, die sich schon morgen durch weitere Füllwörter verschiebt. Ob dies kreative und sinnvolle oder abgeschmackte und eher verwerfliche Lösungen sind, mögen die Leserinnen und Leser selbst entscheiden. Jedenfalls wird für jedes Produkt der hier dokumentierten Sprechgewohnheiten gerade beim Thema Füll- oder Modewörter im wahrsten Sinne des Wortes recht bald schon der Stempel *von gestern!* oder *veraltet!* aufgedrückt. Und doch lässt uns heute auch ein Blick auf Floskeln früherer Zeiten ein wenig schmunzeln, und immer wieder erinnern uns diese Wörter mit frohen Gedanken an bestimmte Zeiten und ihre Sprache.

Sollten die Ausführungen der vorliegenden Erzählung dazu gedient haben, den eigenen Sprachgebrauch zu reflektieren und aufmerksam eine angemessene Sprache zu pflegen, ist ein Anliegen des Autors erfüllt.

*

Wolfgang Setzer lebt im Siegerland (NRW). Er ist verheiratet und freut sich über die Familien seiner drei Kinder mit acht Enkel*innen. Nach Abitur, Studium und Referendariat arbeitete er 33 Jahre lang an einem Gymnasium und unterrichtete die Fächer Musik und Deutsch. Im Ruhestand findet er nun auch Zeit zum Schreiben und beobachtet gerne die Sprechgewohnheiten seiner Umgebung.

© Foto-Raabe

Hier ist Platz für Ergänzungen durch eigene Erfahrungen mit modischen Füllwörtern: